はじめての雪

佐佐木幸綱

短歌研究社

目次

はじめての雪

装幀　猪瀬悦見
（写真）寺田真由美作品集
『明るい部屋の中で』（二〇〇三年求龍堂刊）より
作品タイトル「階段〇一〇一三」

はじめての雪

I

押隈

1

みちのくを北へのぼればさらさらに早苗をつつむやわらかき雨

山藤を仰ぎつつ来て酒飲めり蕎麦食ってまた
飲みつげるなり

笑う顔一枚もなき啄木の写真を並べ貼る春
の壁

啄木の教室に入る者はみな溜まれる闇を踏みつつ歩く

渋民村に来て読みにけりわが子の死書きて啄木の古りにし葉書

2

太鼓持ち米七の歌

うちなびく春の座敷に酒飲めばゆらりと人のからだはかしぐ

白足袋を手に履きかえて夜深しひっぱり芸という淫ら芸

何年ぶりだろう活惚《かっぽれ》　おーいおーい記憶の井
戸ゆ顕《た》つ太鼓持ち

友だちになりたきものと見て居りぬ人を抱く
文化文政の人

手拭をやんわり腰をやや落とし江戸の静けき
狂気を踊る

米七は早稲田大学出身と言えりやっぱりと相
槌打てり

おーい酒おおーい酒と呼びながら眠る寂しさ演技してみよ

春の座敷呼べば応えて二の腕をひるがえしひるがえし心を漕ぐも

春雨にしっぽり濡るる鶯の乙女讃えて酒あつくせよ

3

はじめての雪見る鴨の首ならぶ鴨の少年鴨の少女ら

川の面にしばらく浮かび雪の子ら透き流れゆく鴨のめぐりを

春芝にボール蹴り居つ　地球上にサッカーボール何個あるにや

記憶とはよじれ巻かれしホースにて先週の水
おもわず漏らす

早稲田大学演劇博物館にて

押隈《おしくま》という不可思議は七代目坂東三津五郎の
汗を残せり

森の小人のかくれんぼとて皿を出す嫌だなあ
かまととっぽいネーミング

河豚食って言葉空転させておりむかしも今も
女ともだち

ひきこもりせよとささやく　二晩を酒よろこびし胃のかすれ声

4

テクニカルタームとしての「われ」なれば作中の「われ」とこの「俺《わし》」のずれ

白秋と夕暮が酒を飲みし夜の青きけむりのごときあわ雪

百字に満たぬ夕暮の生　一日に一度はともす電子辞書には

いかにこのましろき豚の肉太《ししぶと》の豚の逃げいる向日葵畠

三十歳前田夕暮黒き壁の前に真っ白な豚遊ばせぬ

踊り出て逃げ行く豚よ青竹よ　短歌史初登場の豚元気なり

白豚は夕日のなかを疾走し金茶の眼《まなこ》あとにのこりぬ

天《そら》の青ふかしあかるし百年を心に揺れる向日葵の歌

検印という美しき朱のために緑の紙片はさみたる本

短歌雑誌「律」の刊行は'60年〜'63年

短歌とは奇跡と信じ居しころの「律」三冊の譲らぬ薄さ

靖子さん、晴子さん

1

ネダーコールン靖子さんのこと

白昼の自由が丘駅　死のことを考えて待つ濡
れた電車を

呼吸《いき》せるもののみを積みゆくわが電車六本木
すぎ日比谷をすぎぬ

秋の午後医師が来たりて現身《うつしみ》にしろがねの針
刺しぬと聞きぬ

安楽死安楽なりやいないなとその人の手記の
コピーを閉じぬ

アムステルフェーンの秋の運河《カナール》の写真にうつ
り逆立つ柳

虹たちてしばしの人生なるなればかっ飛ばす
鳶色のマシーン

六十歳われが文章を書く安楽死を選びし五十
三歳の靖子さんの本に

オランダの歯科の思い出書かんとしEnte
rキー叩く　死者は歯光る

2

梅雨の雨つづける今宵頼綱がかちりかちりと
ヌンチャクを振る

男の体なれど存分の反《そ》りを見すテレビのなか
に球蹴るジダン

おととしの秋のわたくし肝機能いたくおとろ
えつつ眠かりき

たちまちに古り来し〈我〉を逃げんとし出鱈
目の橋蝶と渡りき

百歳を我は思えり　北斎の白《はく》文《ぶん》方《ほう》印《いん》「百」の
字は亀

コレステロール値《ち》いかなりけんとわれは思う
龍を描ける九十の春に

宙を踏む雷神の足　透き通りゆくはずもなき
北斎の老い

3
俳人・飯島晴子さんを悼む

インターネットの画面に君の自死を読めり安
楽死の人を書きて二日目

若葉なす新人として晴子さんと私の写真載り
し日のこと

梅雨雲の鬱に耐えつつ生きし日を偲びまつらん水色の傘

今はなき一橋講堂の壇上に今はなき君と対話交わしき

生《あ》れなば死ぬ地上の生《せい》よ蝕の月望遠鏡の視野
に揺らげり

月蝕のすすみ見て居て眠くなり望遠鏡を子に
返しやる

天動説

1

結婚披露宴のステーキ〈家の霊〉は居るよと
笑いフォーク刺す人

遅れ来て定年祝うパーティに酒飲めり老いた
るその妻見つつ

山の上に胡座をかきて花かかぐる二百歳の桜
尊敬すわれは

2

息子とは遠き稲妻　一〇〇年の銀杏の下の二〇歳を撮す

甲斐の山夕雲を近きに招き寄せ稲妻に白く自身を照らす

亀か否野仏　一日の沈黙はわれのみどりをいよよ濃くする

泣く人の声遠ざかり　押さえつつ錆びたナイフを研ぐ夕まぐれ

3

浜松にて

牧水のあこがれとして逍遙は早稲田に居りき
四十代なりき

ひさびさに肩組めり校歌うたいけり遠州稲門
会二〇〇〇年七月

集い寄り人はうたうも色も香も鍋の仲間に染まる楽しさ

二日酔い鬱の午前はひさかたの天動説の虹を信じる

4

「心の花」岡山全国大会・題詠「晴」

六月の空港は晴、直立の金氏が金氏の手を握りたり

5

米沢に板蕎麦を食う並びて食う男ばかりが録画待つ間を

上杉神社

戦国の世を生きて死ぬ人生に「愛」の字を兜につけし者ありき

梅雨の日の置賜《おきたま》の野の米沢の上杉神社の池を濡らす雨

長身の上杉謙信の鎧はも硝子のなかに今も背高し

なにげなきイロハニホヘの書なれども妖しげに見ゆ謙信の手は

謙信は五十歳前に死にきと六十一歳のわれ
反芻す

髪白き小室等と向かい飲む一期一会の北国
の酒

置賜の白鷹《しらたか》の酒うましもよ讃えつつ飲む赤湯の宿に

米沢牛　白鷹の地酒　置賜の雪知らねどもかすかに匂う

土色の渦をつくりて走るなりひたすらなり北へ最上川今日を

庄内の人佐高信は「心の花」の佐藤正能を忘れずと言う

雨の日の蕎麦こそよけれ米沢の粉屋小太郎の
板蕎麦と酒

遠近法

1

鈴屋にて

宣長は鬼平よりも十七歳年長にして酒を好
みき

宣長を敬愛せしが信綱は酒嫌いなる男を生きき

馬刀葉椎《まてばしい》の一本がありて鈴屋《すずのや》の近くに秋の影ひきにけり

一太郎に古語を灯して秋の夜の古代の森を酒提げてゆく

2

はじめての古書店なればはじめてのにおいにひらく植物図鑑

大いなる硝子に自動車《くるま》が映り居り秋の海をゆくごとしと見居り

柚子の香の残れる口があっと言う夜のくちびる小さく開けて

秋のソファーに寝ている秋の犬二匹ちょっと
詰めろ俺も仲間に入れろ

遠く来る重信房子ズームインされひとごとで
ない顔の老い方

霧の夜に象牙の球が打ち当たりぎらり老いた
る目玉がふたつ

まひるまの眠気がはこぶ死のにおい青春に死
ななかった者へ

釜山より送りくれたるキムチなり亡友《とも》の妹も
五十三歳

3

怒りつつ怒りおさえて液晶の画面に（笑）と
打ち出す夕べ

黄のヤッケばかり映りて顔のなき藤村新一さんという人

うつむきてただ謝れる時過ごし彼のその後がはじまるならん

地下駅ゆのぼれば旧石器時代にてぬるりとみどりいろの月の出

樹上のわれは目みはるばかり緑啄木鳥《あおげら》がたのしげにすぐ横で首ふる

ピッキング軽きひびきのきらきらと死後の生
き方という甘い蜜

4

あくまでも中心に我が目居つづけて遠近法の
夕暮れがくる

三番線に緑の電車が見えながら二番線の電車
がわれに見えない

レンブラントの目の高さにて裸身見る乳房に
青き網の目の縞

サンシャインビルが六月まで見えて居き秋の
日ざしの教室の窓

鳥取県国府町・万葉歴史館にて

秋の蝶飛び来る舞台　一語一語梯子を登りゆ
くわれの声

夕されば葱畑を飛ぶ秋あかね風にふかれて遠ざかりけり

私がまず居る　秋がやってきて笛がきて太鼓がきて私が走る

5

五十階のオーラ

エレベーターの扉がひらき正面に正座して今夜も犬がかがやく

五十階に酒を飲み居つ　この人をつつみそめたるオーラを見つつ

五十階の揺れを楽しむごとく居りわれら互いの水傾けて

てのひらが濡れて居るなり定型にすがるものらは身を透かすなり

おなじ茎に咲きて互いに身をそらすアマリリス仲良し姉妹のごとし

直線が新しく見ゆ多摩川に虹うすれ二子橋を消防車通る

わが町にわれよりふるき煙突あり不良仲間の
雲集いくる

II

消え色ピット

1

「かぎろひの丘」は奈良県宇陀郡大宇陀町にある

闇の厚みはかりつつ丘をのぼりゆく白きヤッケの子の後ろより

冴え返る空に火の粉のはじけたり大き炎を人はまもるも

あつまりて待って居るなりひんがしの遠き地平にまなざしなげて

泣く子も居る混雑のなか火明かりに信綱の字
の歌碑は立ったり

ふるえつつ朝待つ丘にありがたく燗酒を受く
竹筒の酒

西に来て今しも雲に隠れゆく満月があり背向《そがい》の丘に

東にはかすかに赤くそめられて横雲うごく遠山の上

太陽のたてがみをしも「炎《かぎろひ》」と信じて歌え
歌の力はも

2

切りぬきて近代の歌を貼りて居り消え色ピッ
トという不思議にて

大方はおぼろになりて吾眼には白き盃一つ残れる　石樽千亦

貴くも酒に浮かべる頭脳はや石樽千亦《いしくれちまた》の杯の歌

銀杏の皮をむき居り　雪の日に来たれる沖縄の古酒よろこびて

朝靄はいつしか晴れて冬の木の梅の下枝《しずえ》に目白が鳴くも

3　兵庫県浜坂の朝

残雪の峠を越えて来てみれば浜坂の朝凪の海見ゆ

見はるかすグレー深き沖その沖に日が射して
但馬のブルー現る

灰色の曇りを裂きて突き立てる天つ光の二筋
の束

一昨日の春雪いまだ積む丘に紅梅の花咲きにけらずや

4

コート着て風邪の微熱のわが身体三月尽の雪の町いそぐ

満開の桜の花に降る雪が窓に見え　まだまだ
座談会つづく

雅俗のこと蜀山人のこと宣長のこと徳川時代
の雪も話題に

明日まで降らば四月の雪よ　桜ばなをつつめるときの雪の美しさ

5

鶯の鳴き声しげし　頭から熱きシャワーを浴びつつあれば

乱暴な鳴き方も居り　鶯のだびたる声はぶっきらぼうに

移りつつ鳴きつつ一日高原の萌ゆる櫟を楽しめるらし

春の別れ

1

開花時のずれる白梅と紅梅は今年も十日笑み
交わしたり

花束を受くと壇上に美しき人のしぱしぱ目
よきものを見き

二十一世紀末の人気職業を五つ上げよ　テス
ト問題を作り居りわれは

一度だけいっしょに呑んだ笑い顔テレビに映れり久和ひとみさんが死んで

早稲田大学キャンパス

焼夷弾に焼かれし跡の残りたる最後の校舎壊さるる春

雪折れの樫の内臓　しろじろと夜さりの坂のほとり照らすも

人間の死も一本の樫の死もつつましくそのめぐりを照らす

跳ね上がり元気よき原子力潜水艦昨日から幾度もテレビに映る

水深六百メートルという　六百メートルの山を思いつつ地下鉄に居り

牡蠣フライ五つ食い終え三時限目の教室へ四
階まで歩いてのぼる

2

あごに手を当てつつ東風を待っている対面《トイメン》の
人松の木のごと

白髪を霜花《そうか》と記せり　懐風藻の頁照らせる春のスタンド

白髪の窪田章一郎先生病みいます地平へつづく霜花見て居り

緋寒桜一人あかるし　入試前日すっかり空《から》の
キャンパスの風

水晶にてタイムマシーンを作りたりウェルズ
は「たけくらべ」と同年に

きりたんぽ囲める芹のみどり立つ鍋あたたかし北国の友

3

昨年八月「心の花」全国大会を岡山で開催・木下利玄の墓所へ

草道をのぼりきたれば足守の林のなかに代々の墓

咲く波の歌咲く花の良き歌を残しし人よ　声はしらねど

三十九回の正月を思う元日を誕生日とせし短き生よ

線香のけむり立たすなり幾重にも声を重ねる
蟬の林に

利玄の墓に水をかけやる三十にして晩年の
『紅玉』の歌

黒猫が竹の林ゆさっぱりした顔で出てきぬ何
して来しや

幹を攀ずる蟬の時間よ木下家の四百年の墓の
時間よ

長身の石川不二子ふるさとの人として木下利
玄を語る

しめりたる土をよろこび林間の墓のめぐりに
つどえる藪蚊

手も顔もちさき照子夫人とむき合いし二時間
がありわれの歴史に

虫の音の鎌倉の家　若くして逝きし夫として
の利玄《としはる》

4

星の写真のホームページを作れるはどんな人
昼は何をする人

迷路へとわれは入りゆく　神と名を交換した
る応神天皇

目つむりて酒を味わう男あり真似てみたれど
美味くはあらず

「わし」と言えど「われ」とは言わず醤油と
言いむらさきとめったに言わざるごとし

公開買付というすさまじきバトルのことのどかな教室にわれは言うなり

頼りなき湯葉の舌ざわりそこがよし教師となりて二十数年

飛べぬから草藪を歩きまた走る山原水鶏《やんばるくいな》の派
手な太き脚

はだら雪半月前の三日分の時間を溜めて竹の
根方に

5

駅弁を買うと迷い居り　一筋の生き方という
講演終え来しわれが

神戸牛か瀬戸内の蛸かワンカップ三本持ちて
胃に聞くわれは

昔読みたる記憶かすかに文庫本『幕の内弁当
の美学』だったか

東海道新幹線に目ひらきて夜は見えねども富
士待つ気持ち

6

悼飯田貴司君　河出書房新社の編集者だった

アマリスの花の白さにひらきたる新聞に見る君の訃報を

まだ寒き春のあしたを選びにき六十歳独身にてこの世を発てり

豪雨の富士の裾野を急ぐ牧水を調べ居き君が
逝きし時刻を

君去りしこの世は駅か　プラットホームにお
とことおんな列をつくりて

白菊と白百合と白き蘭の花やさしく包め春の
写真を

冬川を泳ぎ来しエリーと通夜にゆくわれとす
れちがう銀の夕暮れ

7

物名歌に興じし子規のそのころの写真野球のバットを持ちて

暗闇に芽吹きたる芋　庭土に埋めてやろう雨のミケランジェロ忌

俳人・中村苑子さんのこと

三十五年の百三十九句　二百五十部の『水妖詞館』にまとめし人よ

真裸の公孫樹に春の日　移り来し研究室の窓は明るし

電脳の指示を待つ間のわたくしは犬のロッタの従順真似て

数字

1
鶴見和子さんと二日連続の対談

琵琶湖よりきたりて谿をくだりゆく水が支う
る春の光線

うちなびく春の宇治川ぞいの道のぼりゆく
桜まであと半月か

あかるき声と車椅子といっしょにあらわれて
鶴見和子の世界がひらく

失語症のほとりをゆきし一夜さの闇を照らし
し歌を言います

信綱をキーマンとして熊楠の落書きのことな
どを聞き居り

三食をいっしょに食えり　向かい合う二日と
いえど縁《えにし》の明かり

言葉なき人にとっての言霊は何なりや　宿題
をノートに記す

2

白壁はひねもす紅く染まり居り窓近く桃の花の咲く日々

かたつむりになりたる我はあたらしき自転車の銀のスポーク見あぐ

雨の日の大江戸線に眠り居り膝に百両の包みを抱いて

永福門院を思うは秋の壁を染め居たりし光《かげ》を思わんがため

3

窪田章一郎先生のご葬儀・於東京護国寺

大寺の躑躅の花を見ていそぐ葬儀場へ先生の
写真の前へ

先生の歌を心に誦え居り「……一人の歌を遂
げし西行」

おくれ咲く八重の桜は長命の人の心のさざなみの照り

4

朝の日射しがうごく天井　蝙蝠が迷い入り来し昨日《きぞ》はまぼろし

三十九度の熱に目つぶりいる我を見に来て眠
りはじめるロッタ

家に居て休講の教室思い居り四階の窓にゆれ
る公孫樹を

ＮＹダウ最安値を更新したるかな数字は人の心を染めて

犬の抜け毛を探して地に降り地を歩き見回している羽のあるもの

5

朝からなんと摂氏33度という

大学へ急げる下着汗みどろシャツ汗みずく顔汗まみれ

うなぎ屋が出てきてシャッターを開けて居り太陽がうふふ笑う静けさ

交差点を曲がる車も疲れつつ人なる我はただ
目を開けて

太陽はゆらゆら煮えてガード行く銀の電車が
炒めらるるよ

三号館に影焼きつける公孫樹なり緑の汗を我
は思うも

死者に聞くほかなし我ら人体は何度にて反《そ》り
着火するのか

6

梅雨の夜を夜通しともれる電子辞書「夢」と
いう字ともせるままに

学生のわれが政治と文学の境界に立てりこ
の古雑誌

十四時間眠りつづける中学生定綱日曜に背丈伸ばすらし

戦没者の心と体は別だという八月は死者も呼び起こされて

緑の星

1

「心の花」全国大会のあと、仲間と犬山に鵜飼舟で遊ぶ

夕舟に鮎を食いつつ酒飲めり思い出のごとく
人と並びて

犬山城高きに見つつわが舟は夕蟬の森のほとりをゆくも

台風の名残りに濁る木曽川のいそげる方へ夕風うごく

八月の城に登り立ち見下ろせば白き鳥飛べり
淡き曇りに

あかるさは遠くにありて金華山あたりをうご
く夏の日の筋

語りつつ坂登りきて死者の居る城の階段の小さき闇よ

2

街の光とどかぬ秋の山に来て地球の外の光見て居り

ゆく秋の天体望遠鏡の視野　本当に緑の星が
あるのだ

上下のなき視界に馴れぬ私には探せざる星今
日も探せず

またたきの美しさかな時間がないと生きし一
週間の無駄の手前に

3
広島県帝釈峡の紅葉

赤き橋くぐれば赤き崖　船も人も染められて
奥へ奥処《おくど》へ

岩の上よりこちら見ている猿　紅葉見に来し
我が見られ居て　たのし

画面すぐに終われど燃ゆる各階に人あまた居
て燃えにけらしも

風ふけば川がふかれて何か飛ぶテロの映像と
かかわりはなく

4

もみじして真っ赤な山の腹の穴へわれは突っ
込むカーブしながら

古今亭志ん朝の「寝床」　死者の死を思いつつ聞いているカーラジオ

見て見てと雲を脱ぎゆく霜月の富士を右手に志ん朝の声

わがいのち思わざらめや古今亭志ん朝は我と
同年生まれ

風早き東名高速ここからは二分れ　底なしの
老いへはどちら

先をゆく「危」の字華やかなる車体　人間を
積み居るにあらずや

「危檣《きしょう》」は帆ばしらのこと。「細草微風の
岸　危檣独夜の舟」（杜甫「旅夜の書懐」）

「危」のはいる熟語かぞえてなつかしく危《き》
檣《しょう》が心の沖すすみそむ

人生は煙のごとしトンネルを出できてさがす
富士のごとしよ

胸まで白き富士の色っぽさ連続のS字過ぎ御
殿場インター近し

III

西行のアニミズム

1

正月の酒

越の酒を備前の杯にもりあげて澄み透りゆく
チェロのごとくに

朝酒の楽しみつづき居るうちに夜が来て夜の
酒を楽しむ

2

山の田へ思いを思う西行は打樋《うちひ》ながるる水め
でましき

かえるのうた大声によめばアニミズムが棲み居し中世の男のからだ

二階席みあげつつしゃべる　ゆく秋の読売ホール満席のひと

歌がひとをすくうばあいを断言しこの世の満
月をきみはうたいぬ

信綱の遺詠をよめば声掠《かす》れ西上人《さいしょうにん》の山住み
おぼろ

3

冬海に沈める不審船という船ありて死者ふたりうかびぬ

川沿いの行列見つつ登校すラーメンのための二時間の列

本当は不況ではない内蔵に仕舞える札束をつぎつぎに出せ

テレビという絶対多数の側に立つ意見に馴れて俺も寄せ鍋

濁りつつ猛れる川のひとところ和める春の水のやさしさ

4

波寄するこの浜坂の沖を行きし千石船の昔おもほゆ

魚市場に地の蟹買えり茹でられて冬の夜明けの赤うつくしき

世界の海より集まり来たる蟹がおり腹見せてくつろぐ地の松葉蟹

松の間にせり上がりくる朝の海おのが光の青さ楽しむ

松風をコートにあびて冬潮の浜へといそぐ松の林を

場当たり的生そのままに道を曲がり曲がれば
遠く波の秀《ほ》が見ゆ

藍の色ひとしおふかき沖が見ゆ沖のひかりは
春近き色

5

泳げれど見えぬ白魚　さわさわとさざなみた
てる器来たりぬ

白魚をわが現身《うつしみ》に入れてわが現身とするさざ
なみだちて

白魚を食いて帰れば梅林を立ちのぼる香を梅林が抱く

子規の耳

1

『子規選集』第5巻の校正をしている

朝三時に起きてストーブの火をつける三十三
歳の子規を読むため

「墨汁一滴」が書かれし原稿用紙はも二十三
字×十八行と数えて知れり

ゴリゴリドン土葬の音を空に聞く正岡子規の
きさらぎの耳

病床に九尺の穴思いみる剛毅　雪降る夜はなおさら

借金を決心するにいたるまで縷々たり子規のこころの散歩

わが知らぬ花子規の花むらさきのチンノレイ
ヤという小さき花

2

わが輩の肺おもうなり禁煙十五年喫煙二十五
年の肺を

七人用エレベーターに六人が上向きて立つ五人学生

小さけれど白きを二三いたずらのごとくに見せる二百歳の梅

研究室三階に移り三階の水道の水をポットに
沸かす

よごれつつ雪がのこれり一昨日の教室で言い
し嘘の数字二つ

メール待つあいだの淡き時にみる昨日買いたる幕末写真集

笑い顔一つとてなし　写真にはこころのなかもうつりし時代

元治元年の武士が写れりスフィンクスの前に
陣笠つけて並べり

磨りガラス　裸の枝のたのしげな影のゆれ方
見えつつねむし

定年のフランス語教授が残しゆきし柱時計は
律儀にぞ鳴る

3
徒然草を引用、文章を一つ書いた

恥よりも孤独を選ぶ中世の男　死ぬまで死ん
でも孤独

アフガニスタンに咲く火見ておりまんまるを
右手左手のあいだに挟み

小ささを身上として敷島の道はアニミズムか
らつづき来ぬ

無国籍・ユニセックスの君だから地上を少し
浮いて歩き来

せかされて見て居るふりの学生用カラオケ目
次本やたら分厚し

濃みどりの目白夫婦はうたえどもテロルの歌
をわれは歌わず

明治の人たち

1 明治の人たち

漱石忌人《ひと》一犬《いぬ》二夕焼けがカーブミラーのなか
にそよげり

ドラムスがころげまわれば人生の雨止むように退きゆくピアノ

鉄幹の歌を引きたる論文の冬の梅林をあるく静かさ

洒落にこだわり洒落番付を作りたる未だ晩年
を知らざりし子規

写真にも自画像にも笑う顔はなし不本意なる
「われ」よ子規の「われは」よ

佐佐木信綱と樋口一葉は同年生まれ

幼な日に逢いて萩の舎《や》にまた逢いし長身信綱・小柄一葉

夭折の記憶のボードに変換をさるるなかりし長寿の一生《ひとよ》

はじめての富士をし見たる日の日記　日向の
人若山繁の日記

あかつきの松の並木を走る人たまさか見せて
大き月かげ

明治男が書かざりしこと玉の緒の内輪の言語
夢のくらがり

2 昭和の人たち

はつ秋の夜にみずからの喉を刺しし猪熊功
雪の夜に思う

遺書その他木の実のごとくひそやかに声なきものの影引きにけり

原点に死を据えて見ればシソーラス破片化されて人生はある

走るのが好きな走れる馬が好きな君が寝ている病室の薔薇

『藤平春男著作集』刊行を喜ぶ

十躰論み冬の書庫にさがし居り先生のみ声さがす思いに

先生がバット振りいます月報の写真に逢えり
先生は亡し

チターを弾く少年を囲み菜の花が集まって来
る新横浜駅前

『水苑』に老いの歌死の歌多しよと人言えり
他人事とは思わずき

3
中村歌右衛門の家はわが家の近所

歌右衛門の家壊されていずくゆか雄大なるマ
シーン来てそびえたり

ほしいままに土もり上げて楽しめる働きぶりは我を立たしむ

ビンラディン氏の消息聞かず歌右衛門丈この世になしと穴を見て立つ

春の雲ゆらりとゆけり男らは国分寺崖線を崩してやまず

咲き切りし桜すがしく歌右衛門をこの世に演じ過ぎにし男

三椏と木蓮と桜咲きそろう不思議の春をきみ
とよろこぶ

マシーンは働き好きでぐんぐんとひねもす地
底へ掘りすすむらし

4

朝霧に人あらわれて紅梅を白き胸乳に置きゆけるらし

天上にのぼりし者のありにけん昨日はありて今日なき梯子

二匹の犬紅梅の花咲く午後を震えるチェロの
かたわらに寝る

鳴き交わしつついたわると飛ぶものを振り返
るなり飛べる仲間を

アンテナに留まるのが好き　うっとりと美貌の一羽なかぞらに居り

西空の月面よぎるとき大き美《は》しきつばさをしぼれる鴉

前衛短歌五十年

まるく大き月を吊りたる朝空を支えて枝も幹も揺れたり

高柳重信展・於戸田市立郷土博物館

俳句のこと高柳重信《じゅうしん》のこと話せと言う戸
田に来よと言う 行きて語らん

月光とリラダンの人 満月を好めりわれはそ
の人ゆえに

尊かりし時間なりしが脳の路地は昔も今も霧ふかくして

五十二年むかしの『蕗子』五十一年むかしの『水葬物語』かな

戦後という時代ありにき　あの人もあの人も
ひとりの歌作り居き

戦場と廃墟をうたい「未来史」と題したり若
き塚本邦雄

たんたんと死海うたいし歌ありて死海を知らぬわれを照らしぬ

連日連夜重信の声に染まり居き塚本邦雄の読み富澤赤黄男《かきお》の読み

水で割るな薄めてはいかんウイスキーが時代
の酒でありし日のこと

酒の量ようやく減りぬ五十代で逝きにし君よ
われを哀れめ

ちいさけれど水にはばたくクリオネのちから
みており目をちかづけて

クリオネはハダカカメガイ　貝として見れば
恥ずかしそうなる裸

短歌とは思えばクリオネ本当を言ってしまった前衛短歌

おくれこし影曳く牛としてのわれ　前衛短歌五十年みなもとの銀

庭石に霰の散ればオランダのライデンを思う
三〇〇年を思う

嘘の犬

1

上代文学会創立五十年記念大会・於日本大学

「上代文学会」五十年とぞつつしみて記念講演の草稿つくる

丹の躑躅咲き居る日本大学へいそぎきて万葉集の〈われ〉を語るも

なぜわれは〈われ〉をうたうか　分からねど追ってゆく万葉の〈われ〉今昔物語の〈われ〉を

短歌史の〈われ〉の位相に滲む性　相聞歌は
つまり〈われ〉の歌なり

壇上に信綱のこと言いにけり初代会長・信綱
の〈われ〉を

東京のわが庭に来て佐渡の百合花咲かせたり
彼女の〈われ〉を

2

ドトールに二時間〈われ〉の輪郭を淡くし
て午後の教室へゆく

窓外を何か流れる　眼帯の学生が気になって
ずれる中心

マークシート用の誤答を曇る野へ嘘の黒犬二
匹走らす

梅雨の日は征きて還らぬ制服の死者も来てい
る早稲田大学

七月の教室メーと猫が鳴き泡食ってエーと自
分をさがす

苦瓜を食って呼ぶ夏、六十代になれば季節の
移りがのろい

今もどこかで戦争に死ぬ若者が居て教室に空
席二列

アフガニスタンへ運ぶ火薬の重量のゼロを数
えてのちにおどろく

大宮をすぎて新幹線にながめ居り東京の空に
ひく立つ虹

3

木蓮と桜と桃の木がならび皆驚けり花付けながら

木の花の花ひらく時期ずれはじむ地球の老いの呆けすすむにや

4

雲の動きみだれて荒き下にして一直線の水脈《みお》はしりたり

鳥羽の海今浜《いまはま》の岸をいでてゆくあしたの船は遠き曇りへ

春寒の筏を縫いて島影へいそげる船が目交に
あり

古今集「伊勢歌」を揮毫・歌碑となる

除幕せる古今集片枝梨《かたえなし》の歌の碑に一升瓶の酒
かける人

5

皿の上にわだかまりつつうごめけり夏潮の香のぶつ切りの足

蛸の霊魂《アニマ》をいただくと食う　口腔はざわざわとああ難波の祭

箸をもてはがしつつ食う　おどり食いの蛸に
うれしきコップの冷酒

へぼ取り

いのししの家族あまたを飼う山よ　柞《ははそ》の斜面《なだり》
落葉の匂い

壊れたる蝶落ちてありゆく秋の空を飛びゆく
雲と鳥と蜂と

柿の実のかがやける丘　かたむきていやのぼ
るなりわがワゴン車は

にんげんの家族はいずこ　過疎のきて廃屋は
萩の終りを咲かす

長靴にかえつつ俺もかわりゆく無言の霧が似
合う男へ

缶ビールこきんとあけて可憐なる働き蜂の話
を聞きぬ

とらえたる地蜂に噛ます魚の身のきらきらと
詩は男のことば

しろき和紙の紙片は飛ぶも　蟬はもう鳴かざ
る山の木々のあいだを

大空のけやきを仰ぎ俺たちは木に生《あ》れざりし
ゆえ走りだす

男五人さけびて走る　昨日の空　少年の日の
空をとぶ蜂

しろきもの飛ぶよと追えばあしもとに白くか
ぼそく茸のむすめ

蜂がゆくひとすじの道くちびるを出でたる声がとどく高さに

この谷のどこかで水が流れたり微光のごときかすかの気配

蜂の道は栗の木の上　秋の日の空ゆく道をおもう楽しさ

駆けのぼりきて枯葉積むぶなの木の根方をのぞく息はずませて

土ふかく埋まりて雪を待つものへうつくしき
火を近づけにけり

お眠りと深く突っ込む　そらいろのけむりを
噴けるみじかかる筒

ふんわりとしかし確かな重みなり地中に白く
丸み実れり

むらさきの森ゆ連れ出す　ふかぶかと眠れる
小さき千の坊やたち

ピンセットにひきだしてやる坊やたち　坊や
がつどう白いおやまへ

酒飲まんと意欲満々の男らの酒宴のための山
のおくりもの

炒られたる蜂の坊やの香ばしさしみじみと秋
の酒をのむなり

よくみれば蜂の坊やはすき通りしょうゆをす
こし浴びて寝て居り

揚げられて黒き十匹　羽のあるものさりさり
と噛みつつ酌めり

蜂の子を噛みてつぶせば山の味深夜の山の味
といふべし

〈型〉と〈型破り〉

1

世田谷文学館・西脇順三郎展

モノクロームの写真のなかに多摩川の葦切を聞く柳田国男

笑いつつ人は写真のなかに立ち川を見て居り
死の五年前

河川敷の草むらにいる蟋蟀《こおろぎ》は蟋蟀の声聞き居
るならん

八十代と六十代が並び立ち川上の水一箇所照れり

雨あとの川に泳がんと綱を引くエリーよ人間なら六十歳か

2

ほたるぶくろアルトでうたう朝の歌むらさき
あわき七月の朝

米も搗かずむだに三年まわり居るうら若くし
なやかな水車に見惚る

コンピュータが泣く本当に鳴くでなく泣く
水引草《みずひき》の赤透くごとく

3

書かれたき言葉うごめき　半分ほど雛の卵を
食いし思い出

去年《こぞ》の死者寄り来て何か口籠る何語だろう日
本語を待ち居る我に

朝庭に水を飲む鳩　ヒロシマの死者を数うる
テレビの声し

インターネットに思わぬ裸あらわれて午前六
時の目に輝けり

4

巨大ビルに見おろされ居る青芝に我らに秋の
雨降り注ぐ

浜離宮の庭に立ち居て三百年黒松の木に秋の
雨ふる

うら若きタレントと炬燵にならび入りカメラ
に手など振る恥かしさ

ＮＧに休める間《あわい》あわきとき欠伸を噛みている
を見て居つ

硝子戸の内に満ちたる照明に篠原ともえと照
らされている

5

極月の沼に浮きいて動かざる鴨よ　現在を動かぬ意志よ

新仮名の短歌書き来ぬ〈型破り〉を求めて〈型〉なき時代を生きて

6

〈われ〉へ

拉致されし人の〈われ〉思う「這い乗り」と
いう気味わるき隠語おぼえて

律令国家成りにしのちに孤立へと発ちたるひ
とりひとりの〈われ〉ら

小中英之の遺歌集のゲラ読みつづけ夜となり
ぬ久々にウイスキーを飲もう

死者として去りにし君の歌集にはいきいきと
生く蛇と狐が

文学史年表に『田園に死す』書かれあり歴史
嫌いの寺山の〈われ〉

還暦はすぎましたか　はいまあどうぞとっく
りに酒のこってますよ

人死にし後の思いをしみじみと「落丁感」と
言いにけらずや

読みゆけば八歳原爆の閃光に遭いたりとあり
主語はなかりき

麦踏みの昔の冬の夕茜　火の鯉を空に見きと
信じき

あとがき

二〇〇一年から二〇〇三年にわたる三年間の作品を、Ⅰ・Ⅱ・Ⅲの順で、ほぼ制作年代順におさめた。

歌集名は本集中の一首に拠るが、息子がはじめての雪を見て「あああっ」と指さした日のことを、わが家の犬がはじめての雪にころがって背をすりつけた日のことを、昨日のことのように思い出しつつ決めたタイトルであった。さらには、驚く心が摩滅してしまった自分をリセットできないだろうか、そんな詮ない願いもそっとこめたつもりである。

「第一歌集のようだ」。タイトル案をしゃべった私にそう感想を言ってくれた人がいた。うれしかった。第一歌集を編むときのような、透明な驚きにみちた身と心で短歌と向かい合いたいと願う。

第十三歌集に当たるこの歌集では、歌を二行に組んだ。私にとっては久々のことである。最初の歌集『群黎』は二行組だった。が、二番目の歌集『直立せよ一行の詩』以来の十一冊はみな一行で組んできた。一行組か二行組か、まあどうでもいい小さなことかもしれないが、作者としては作品の音楽面にかかわるあんがい重要なことのようにも思えるのである。瀧のように一気に展開するスピード感を重視する一行組。あえてスピードに制動をかける二行組。私はこの点でも、リセットして初心にもどりたいと考えているらしい。

校正刷りを読むと、この三年間も、〈われ〉の問題を、アニミズムの問題を、父親と息子の問題を、ひきつづき考え、歌いつづけてきたことに気づく。人間というやつはじつはそう簡単にはリセットしえないものなのだろう。

歌集出版に際しては、押田晶子さんをはじめ短歌研究社の方々に大いにお世話になった。二〇〇一年から翌年にかけて、「短歌研究」に作品連載の機会を与えてもらった縁である。記して謝意をあらわしたい。

二〇〇三年十一月一日

佐佐木幸綱

佐佐木幸綱既刊歌集

群黎（70 年 10 月 1 日　青土社）
直立せよ一行の詩（72 年 9 月 5 日　青土社）
夏の鏡（76 年 7 月 10 日　青土社）
火を運ぶ（79 年 12 月 15 日　青土社）
金色の獅子（89 年 12 月 22 日　雁書館）
反歌（89 年 12 月 25 日　短歌新聞社）
瀧の時間（93 年 12 月 15 日　ながらみ書房）
旅人（97 年 9 月 23 日　ながらみ書房）
呑牛（98 年 6 月 1 日　本阿弥書店）
アニマ（99 年 6 月 25 日　河出書房新社）
逆旅（99 年 10 月 25 日　河出書房新社）
天馬（2001 年 7 月 1 日　梧葉出版）

現代歌人文庫・佐佐木幸綱歌集（77 年 9 月 20 日　国文社）
佐佐木幸綱作品集（96 年 9 月 30 日　本阿弥書店）
短歌研究文庫・佐佐木幸綱歌集（99 年 7 月 7 日　短歌研究社）
佐佐木幸綱の世界・全 16 巻（98 年～99 年　河出書房新社）

検印

省略

平成十五年十一月二十四日 第一刷印刷発行
平成十六年十二月　九　日 第二刷印刷発行

歌集 はじめての雪《ゆき》

定価 三一五〇円
（本体三〇〇〇円）

著者 佐《さ》佐《さ》木《き》幸《ゆき》綱《つな》

発行者 押田晶子
発行所 短歌研究社
郵便番号一一二―〇〇一三
東京都文京区音羽一―一七―一四 音羽YKビル
電話〇三(三九四四)四八二二・四八三三
振替〇〇一九〇―九―二四三七五番
印刷者 豊国印刷
製本者 牧製本

ISBN 4-88551-802-4 C0092 ¥3000E

短歌研究社　出版目録

＊価格は本体価格（税別）です。

評論	現代短歌史Ⅲ　六〇年代の選択	篠　弘著	A5判	四九六頁	一一六五〇円	〒三八〇円
評論	戦後の秀歌Ⅳ・Ⅴ	上田三四二著	四六判	各巻 全巻一括	二五二四円 四八五四円	〒二九〇円 〒三八〇円
歌集	汨羅變	塚本邦雄著	A5判	一七六頁	三〇〇〇円	〒二九〇円
歌集	海嶺	宮英子著	A5判	二〇〇頁	三〇〇〇円	〒二九〇円
歌集	約翰傳僞書	塚本邦雄著	A5判	二〇八頁	三五二四円	〒二九〇円
歌集	敷妙	森岡貞香著	四六判	二〇八頁	三〇〇〇円	〒二九〇円
歌集	エトピリカ	小島ゆかり著	四六判	二〇八頁	二三八一円	〒二九〇円
歌集	夏のうしろ	栗木京子著	四六判	一八〇頁	二五〇〇円	〒二九〇円
歌集	暁	来嶋靖生著	四六判	一九二頁	二八〇〇円	〒二九〇円
歌集	キケンの水位	奥村晃作著	A5判	一七六頁	二八〇〇円	〒二九〇円
歌集	風位	永田和宏著	A5判	一七六頁	二八〇〇円	〒二九〇円
歌集	朝の水	春日井建著	A5判	二四八頁	三〇〇〇円	〒三一〇円
歌集	茉莉花	川合千鶴子著	四六判	一七六頁	二八〇〇円	〒二九〇円
歌集	滝と流星	米川千嘉子著	四六判	二四〇頁	二六六七円	〒二九〇円
歌集	滴滴集	小池光著	A5判	二一六頁	三〇〇〇円	〒三一〇円
文庫本	近藤芳美歌集	近藤芳美著		一九二頁	一二〇〇円	〒二一〇円
文庫本	大西民子歌集（増補『風の曼陀羅』）	大西民子著		二一六頁	一七九六円	〒二一〇円
文庫本	岡井隆歌集	岡井隆著		二〇〇頁	一二〇〇円	〒二一〇円
文庫本	馬場あき子歌集	馬場あき子著		一七六頁	一二〇〇円	〒二一〇円
文庫本	島田修二歌集（増補『行路』）	島田修二著		二四八頁	一七一四円	〒二一〇円
文庫本	柴生田稔歌集	清水房雄編		一八四頁	一七四八円	〒二一〇円
文庫本	窪田章一郎歌集	窪田章一郎著		一七六頁	一七四八円	〒二一〇円
文庫本	塚本邦雄歌集	塚本邦雄著		二〇八頁	一七四八円	〒二一〇円
文庫本	上田三四二全歌集	上田三四二著		三八四頁	二七一八円	〒二一〇円
文庫本	春日井建歌集	春日井建著		一九四頁	一九〇五円	〒二一〇円
文庫本	佐佐木幸綱歌集	佐佐木幸綱著		二〇八頁	一九〇五円	〒二一〇円
文庫本	高野公彦歌集	高野公彦著		一九二頁	一九〇五円	〒二一〇円
文庫本	続馬場あき子歌集	馬場あき子著		一九二頁	一九〇五円	〒二一〇円